VIAGENS NA FICÇÃO

CHIADO
BOOKS

CHIADO
BOOKS

www.chiadobooks.com

Uma Editora para todos!

Conjunto Nacional, cjs. 2113, 2114 e 2115, Avenida Paulista 2073,
Edifício Horsa 1, CEP 01311-300 São Paulo, **Brasil**

Rua de Cascais, 57, Alcântara – 1300-260 Lisboa, **Portugal**

Obra disponível para venda corporativa e/ou personalizada. Para mais informações contacte: **comercial@chiadobooks.com**

Para informações sobre envio de originais contacte: **originais@chiadobooks.com**

E-mail: geral@chiadobooks.com

Título: Um Planeta Chamado Átropos
Editor: Andréa Albuquerque
Coordenador Editorial: Vasco Duarte
Capa: Vasco Duarte
Composição Gráfica: Rui Revez
Revisão: Manoel V. S.

1.ª Edição: Junho, 2021
ISBN: 978-989-37-0857-6 | **Depósito Legal n.º** 483052/21
Impressão e acabamento: Atlântico Print

Manoel V. S.

Um Planeta Chamado Átropos

CHIADO
BOOKS

PORTUGAL | BRASIL | ANGOLA | CABO VERDE

Prefácio

O que a Arte nos pede é coragem.

Marcus de Bessa

Segundo a mitologia grega, nem mesmo Zeus, o mais poderoso deus do olimpo, poderia contrariar as três Moiras, que seriam as irmãs que teciam o destino da humanidade e dos deuses. Início, meio e fim, tudo estaria pré-determinado pela mão das três mulheres, como uma superestrutura que englobaria os sucessos e fracassos de cada existência.

Sendo assim, como uma pessoa comum, ciente das injustiças e contrariedades do mundo, poderia mudar seu destino? Até que ponto nós, simples mortais, poderíamos controlar o fio de nossas vidas? O que de fato podemos controlar na realidade a nossa volta?

Será que sonhar, no sentido de imaginar uma situação futura ideal, mais justa, seria desafiar nosso destino? E a criação artística? Cogitar um mundo diferente seria um ato de rebeldia contra o *status quo*, o estado "natural" das coisas?

E o que dizer de criar uma cidade onde os sonhos nascem? Um lugar onde tudo seria permitido e todos cumpririam seus deveres movidos apenas por sentimentos nobres de desapego e altruísmo. Ousadia demais?

Neste livro, ao imaginar a cidade de Baubo, o autor ousa transformar simbolicamente o universo de modo a romper as mazelas da superestrutura real e apontar para uma sociedade em que a elevação moral constrói um mundo mais justo e harmônico. Um lugar onde a competição por riqueza material não é a verdadeira medida de sucesso, muito menos a produtividade ou a rentabilidade. No lugar destes valores, enaltece-se a generosidade, a cooperação e a amizade. Como se os altos e baixos da roda da fortuna fossem anulados e transmutados em novos valores.

Assim, ao menos durante a leitura desta narrativa, nós leitores poderemos nos libertar dos preconceitos e determinismos que nos tolhem e alienam. Juntos ao autor, somos capazes, sim, de transformar o que acontece a nossa volta.

'Um planeta chamado Átropos' prova que a arte pode e deve servir como um farol, um guia, um modelo a seguir no mar das possibilidades, principalmente em tempos tão confusos. E a partir daí, poderemos, quem sabe, ao menos tentar fazer diferente.

Se o que chamamos de realidade é nossa criação contínua, temos o poder, a cada novo dia, de controlar uma parte de nossos destinos, quiçá de nossa cidade, país ou do planeta. Se isso for contrariar a Lei, as estruturas ou o Rei, que esta leitura nos ajude a ter esta coragem.

EM ALGUM LUGAR NO UNIVERSO, EM UMA GALÁXIA NÃO TÃO DISTANTE

*Dois amigos observam o movimento dos planetas e das três belas luas-vermelhas no céu de Átropos. As luas são gigantes o bastante para clarearem a noite. É incrível, que as luas-vermelhas mesmo muito próximas, não se choquem e parecem se atrair mutuamente de forma que ficam um pouco mais juntas como se fossem imensas, ora mais afastadas diminuindo seu tamanho em uma bela simetria de sua própria natureza esplendidamente singela a beleza do planeta Átropos está nas formas quase perfeitas e nas cores que encantam as aparências, há lugares que o paraíso parece existir, ou quem diga que só parece.

Em Átropos, as montanhas são grandiosas, as árvores com folhas de quase todas as cores, os jardins, as praças, os monumentos da natureza, as obras de arquitetura, as estradas, as quedas d'água, o mar, é quase difícil encontrar uma forma que não seja tão bem ornamentada. Se Deus desejou conceder beleza em algum lugar do universo, este lugar só pode ser em Átropos. As cidades são projetadas para funcionarem em um ritmo que se assemelha uma dança harmônica entre a natureza e a tecnologia avançada em volta. Tudo é aparentemente perfeito, seria quase impossível um viajante de outro planeta não se encantar.

Tão claro ficam os céus quando todas as luas estão cheias e próximas, refletindo a luz do seu belo Sol-Azul: tão imenso, tão radiante e tão único no céu do planeta. O movimento em Átropos, seja dos dias e das noites é regulado pela atração do Sol-Azul, das luas-vermelhas, dos planetas-verdes em volta e por outros motivos desconhecidos. Há relógios estrelares nos semáforos lunares e a luz do sol nas praças é aproveitada por sensores solares, há lugares para se abrigar do sol e da chuva planetária em galpões feitos para proteger os habitantes que desejam sombra, descanso ou não se molharem. As calçadas são feitas de mármore ou granito estrelares. Os monumentos das praças reverenciam inventos, inventores, artistas ou seres que fizeram algo para melhorar o mundo. Os números definem o movimento e a forma como os habitantes vão agir. Os cálculos precisos dos transportes são mapeados, e na organização interplanetária se estuda como podem melhorar o planeta e a vida de seus habitantes.

Poderíamos pensar que o gigantesco anel-violeta de gelo em volta de Átropos foi feito apenas para confundir ou se diferenciar do resto dos planetas, sua forma não faz sombra nem causa medo, apenas admiração são um adorno à parte de uma natureza completamente desconhecida, as teorias dominam uma parte dos seres e os sonhos de outros se encarregam da outra parte. Estranhamente, o anel-violeta acompanha o movimento do planeta sem tocá-lo ou sem se afastar. Existem alguns raros dias em que a Aurora Boreal, aparece na abóbada celeste. E outros mais raros ainda em que os seres param um pouco para pensar na vida e no universo à sua volta.

Átropos percorre em sentido anti-horário ao redor do Sol-Azul no espaço-tempo. Tem-se mais frio que calor. Em seu dia surge uma lua-vermelha nos céus a cada seis horas, em alguns meses do ano, uma parte das outras luas podem ser vistas por todos, ou mesmo juntas se entrelaçando no céu. Enquanto o sol vai iluminando outra parte do globo. Tudo flui por uma vontade, e tudo parece ser feito desta mesma vontade. O Sol-Azul é reverenciado como se fosse um Deus, por conta de sua temperatura quente, por conta do seu brilho intenso! O Sol-Azul, assim, simboliza quase em todos os cantos o brilho dos céus e da esperança de dias melhores no imenso planeta.

Os amigos se despedem.

**Observando estrelas. Anotando seus movimentos, discutindo suas formas, calculando seu tempo-velocidade. Um se dirige ao outro antes de ir embora.

Circinus - Amigo! Minha maleta de viagem está pronta, coberta de metal inquebrável, irei partir daqui a pouco para a nova cidade que está crescendo entre as montanhas numa centelha de luz, após a terrível Guerra Estrelar do ano de 9015 em que aquele sujeito de palavras estranhas e pensamentos perversos desejava escravizar Átropos inteira, matando seres inocentes por pensarem diferente, por serem diferente, por sonharem diferente, por amarem diferente, eles perseguiram todos, além disto, contaminaram nossas florestas para criarem mais bombas, desejaram destruir nossos valores para plantar o ódio em toda nossa nação.

Diferente disto, vou para esta nova cidade que nasceu a pouco mais de cem anos de estrelas e disseram-me que nela nós nos sentimos mais livres, menos mesquinhos, mais organistas e menos arrogantes. Fala-se que as musas de olhos coloridos de lá são mais belas e delicadas que as nossas, que o espírito deles evolui todos os dias, que se ensina a cada quarteirão do espaço-tempo que não se deve julgar na raiva, nem deixar de perdoar erros perdoáveis uns aos outros. Que devemos sempre que podemos nos unir e incentivar um ao outro que, sobretudo se deve ajudar quem deseja ser ajudado. Que é importante a preocupação porque dependemos um do outro para termos um mundo melhor. Acredito nisto. Muitos dos que estavam aqui foram para lá, e nenhum deles retornou.

Boötes - Meu amigo, aqui você é amado e respeitado por todos. Foi aqui onde você aprendeu a diferença do que é certo e errado, onde aprendeu os princípios fundamentais para não se corromper a si mesmo e nem a se vender, você sabe o quanto você é sagrado a você mesmo? Existe um medo de não sermos sagrados a nós próprios.

Foi nosso Deus que moldou seu caráter, sua alma e o ser que você é hoje. Aqui é um lugar divino onde Deus te enviou para viver, onde ele te enviou para sonhar e buscar os seus sonhos. Em lugar algum o exagero foi sinal de sabedoria. É naquela região não há limites, sem limites não há valores. Sem valores, não existe o amor.

Circinus - Irmão, tenho amor por minha terra, como uma mãe por um filho e um filho por uma mãe, mas é preciso entender que outras terras também têm o seu valor. Quando somos amados somos felizes, quando não somos, seremos infelizes.

Tu sabes que o considero como meu irmão. Mas sejamos sinceros, nós não vivemos no paraíso de Sirius, sabemos que com o passar dos anos, para alguns seres ou para a maioria aqui se assemelha ao inferno. Ainda há tanta maldade, tristeza, desencanto, injustiça, desigualdade e todos nós estamos pagando nossos pecados sem nenhum paraíso a vista, nem mesmo a prazo. Para sermos felizes é necessário sermos fortes, para sermos infelizes não precisamos de muito.

A maioria dos seres necessitam de tantas coisas. Poucos conhecem o planeta da Dúvida ou sabe da existência das maravilhas daquele lugar mágico e encantador. Os seres desta região não se contentam tanto que possa a realidade ser também grandiosa. Aqui infelizmente existe em quase toda parte, erros antigos, que temos oportunidade de corrigir para vivermos em paz, muitos seres deixam de lado e não se importam uns com os outros, apenas consigo mesmos. O egoísmo de norte a sul, destrói valores. Como pode pequenos gestos que deixamos de fazer, pequenas atitudes que não fariam diferença, caso fizéssemos algo a mais ou a menos e isso faz com que todos nós acabemos nos tornando cada vez mais perversos. Se são injustos conosco, queremos retribuir com mais injustiça no mundo? Isso não pode estar certo.

Bem sabemos, não é o que aparentamos, e sim, o que somos que faz com que sejamos felizes. Para os novos ou velhos, nunca é tarde para fazermos algo, pois bem sabes que fazer ou saber algo é sempre limitado. Nunca é tarde para fazermos o que é certo. Existem muitos organismos aqui sem ter um átomo de alimento, ou, um pedaço de estrela-mármore para morar e isto deveria ser o básico, como podemos dividir tristemente nossas maiores conquistas? Qual será o mundo que queremos deixar para nossos irmãos?

Boötes - Se o Deus Estrelar quis que tudo fosse assim, está feita a sua vontade, somos livres para fazermos nossas escolhas. Ao criar, tudo deveria ser feito desta maneira, tudo está na medida correta para que exista o tudo, ao mesmo tempo, nós somos condenados a vivermos assim. Nem os maiores guerreiros podem mudar o seu destino, tudo é como deve ser. Tudo já foi feito por Deus. E todas as nossas escolhas são limitadas por ele.

Circinus - E se Deus Estrelar fizera assim. Todos os seres com essa vontade de mudar, deve-se ao fato de sermos essa própria transformação constantemente. Estou de partida, como um marinheiro vai em busca de um tesouro que não sabe onde encontrar - não tenho mapas, nem bússolas - eu tenho sonhos como os viajantes do tempo, eu sou meu próprio sonho e busco meu próprio tesouro. Amigo você sabe bem, que nem todos os limites, são necessariamente limites. Alguns limites existem de fato, outros são impostos por nós mesmos.

Amigos se abraçam e se cumprimentam.

Bem, tenho que esperar sessenta milionésimos mais meio grau de tempo planetário de luz para chegar até lá. Quando voltar desejo que espalhe a todos os polígonos que aqui se encontram, as minhas descobertas, elas têm que serem repassadas a todos como uma pluma que existe sobrevoando o céu, todos têm o direito de saber a verdade dos fatos principalmente os bons organismos, caso eu não volte irei continuar a lhe enviar dados estrelares sobre minha vida por lá, através da estação lunar 3.

Enquanto nada além dos céus se manifesta, somos nós que precisamos, controlar e mudar a nós mesmos. Estamos órfãos. Devemos agir por nós mesmos, para sonharmos com um planeta melhor.

Tudo agora depende de nós. Não devemos desrespeitar Sirius com milhões de fantasias ou falsas crenças. Vamos deixar o mundo melhor a cada dia, e em cada canto de Átropos.

Boötes - Se você desafia a palavra não posso ajudá-lo. Pois está escrito "Se duvidar de minhas vontades e verdades, serás condenado pelas suas." Nesta passagem das estrelas, em Plêiades 12:35. O irmão touro alerta sobre este perigo. Não quero que você parta. Pode ser que isso interfira no seu destino daqui pela frente, já que você sempre carrega sua rebeldia e sua espada de que tudo no mundo tem de ser justo ou se ajustar a forma que você considera perfeita, sem você saber como tudo é ou porque é. Você mesmo avalia e julga, quase sempre sem saber.

Irmão, toda escolha profunda é um caminho sem volta. Tudo está escrito. E de repente, em um dia podemos encontrar o caminho que vamos percorrer por toda nossa vida.

Circinus - Se Sirius sabe exatamente o que digo, penso e sinto. Saberá que tudo que faço é pelo bem dos meus organismos. Se ele permitiu existir a esperança e para que lutemos a cada dia e a cada amanhecer. Preciso agir, pois meus organismos lá fora me esperam. Eles estão sedentos de novidades. Nosso destino não é uma história pronta é uma história vivida e escrita, dia após dia, e só com coragem podemos vencer nossos medos e anseios e buscar alguma luz de fora da caverna de estrelas. Com nossas ideias podemos mudar o mundo? Talvez. Mas mesmo que o mundo não mude, nossas ideias, ainda assim, podem viver nos corações dos que acreditam ser possível viver em um mundo melhor. Um abraço irmão, preciso ir como o tempo precisa seguir em frente para continuar sendo tempo.

Boötes - Boa viagem, amigo, saiba que seu sorriso é o meu sorriso. Que não se pode amar ou pensar no ódio, que é ao amor que devemos recorrer. Que há erros perdoáveis e erros não perdoáveis. Cuidado com as ilusões, e não se esqueça que entendo seus ideais e sei que você também entende os meus.

Circinus - Meu irmão, é necessário sermos diferentes para sermos amigos, mas devemos ser iguais quando se trata de respeito e complacência, temos de sermos maiores ainda.

Amigos se emocionam na despedida. Na Estação Constelação Estrelar Número 17.

*Circinus entra na cápsula, e segue a viagem pela linha de luz azul no espaço-tempo passeando pelo Planeta Átropos, por naturezas diversas, o céu é de cor bege claro, às nuvens brancas em volta vão clareando e se afastando.

**Circinus está tranquilo comendo chocolates em formato de estrela e escutando músicas estrelares e falando como quase todo jovem, sozinho.

***Circinus escreve: '*Já não sei bem o que é certo, pois o certo outrora segui. Será que foi por isso que deixei de sorrir?*'

CHEGANDO A CIDADE CONHECIDA COMO BAUBO

*Iluminada em todos os cantos, o que se viam eram cores de todos os tipos um movimento de carros pela meia altura do céu quase que em sua maioria em formato de trapézio com triângulos pontudos na dianteira, havia luzes até nas calçadas e nosso viajante ficou deslumbrado com tamanha capacidade de usar a energia como se tivessem pintado a cidade em cada parte. Os prédios eram imensos, os comércios, as praças, as ruas, os monumentos. Tudo era belo, tudo era oferecido e tudo também parecia vazio. Não ofuscava a visão nem a confundia, era possível entender o ambiente, a luz estranhamente não era forte nem fraca simplesmente encantava as almas recém-chegadas. Embora esteja em volta de tanta energia, o nosso pequeno viajante estava perdendo a dele, pois estava cansado. Alguns organismos sorriam nas ruas e já outros, o olhavam com aversão e ele não entendia nada, resolveu entrar em um hotel no centro da cidade, luzes piscando de todas as cores na entrada, chamando bem a atenção de quem passasse na porta, a construção do hotel parecia ter sido feita para abrigar toda a cidade em um só lugar e assim foi indo nosso viajante, já que não tinha outra escolha mais próxima para tentar descansar.

No Hotel Vegas.

*O Recepcionista recebe uma ligação. Nosso viajante aguarda olhando a decoração dos quadros, acha engraçado que duas crianças gordinhas estão apostando corrida no corredor central para ver quem chega primeiro do outro lado.

Na sala da recepção tudo em volta é branco, muito bem limpo e organizado. Logo desliga-se o telefone azul, e nosso viajante vai em direção ao recepcionista que o olha da cabeça aos pés e sorri.

Circinus - Boa noite! O senhor poderia me informar quanto custa a diária para hospedar-me aqui?

Lunar - Boa noite, seja bem-vindo. Senhor o preço é um aperto de mão e um abraço. Vejo que é estrangeiro, os estrangeiros são sempre desconfiados, mas logo se acostumam com a cidade.

Circinus - Como? Impossível senhor. Você só pode estar brincando que não existem valores neste lugar. Tudo a nossa volta tem um limite é um valor, talvez só seja feliz quem encontrou um verdadeiro amor.

Lunar - Claro que tudo tem valor e isto está mais que certo, como um tiro certo é sempre um tiro certo, todavia não existe valor maior aqui neste momento que a tua presença. Pode-se escolher o quarto como quiser e do jeito que quiser meu jovem. Não se preocupe. Garanto que as estrelas do Hotel Vegas não vão te decepcionar.

Circinus - Senhor, infelizmente em nosso globo nada é de graça, até o que não tem valor temos que pagar um preço alto, para dizer a verdade, tudo que não tem valor é caro por aqui e nada existe no mundo sem valor.

Estou de passagem como se sabe o maior mistério e a maior surpresa que temos não é a morte, mas a vida. Quero uma cama branca com detalhes em azul-claro, uma luz no teto verde fluorescente, em volta uma geladeira quente e uma fria com cápsulas de átomos, uma cadeira móvel e uma mesa confortável com um banheiro padrão, e gostaria de saber a que horas vocês servem os átomos? Depois que a terceira lua aparecer ou anterior a segunda?

Lunar - Nós servimos após quinze graus na diagonal maior da linha do equador anterior a primeira e também após a terceira se assim preferir.

Não precisa pagar nada, outro organismo já pagou por você. Antes de você chegar até aqui, você o cumprimentou. Evidente que em nossa cidade muitas coisas precisam evoluir o que é natural em qualquer lugar.

No Hotel Vegas, recebemos seres de todas as partes do planeta, e nem tudo é como diz o velho ditado: "Nem tudo são belas constelações por aqui."

Circinus - Desculpe, mas quem me cumprimentou, aqui próximo era apenas um mendigo que não tem o que comer e nem todos os dentes para mastigar infelizmente. Eu o cumprimentei porque ele estava sorrindo. Como ele pode ter algo, se visualmente parece ter sido maltratado? Apesar de usar roupa colorida, percebe-se pela sua barba, sua feição é de sofrimento, pelo tempo e pelas desventuras que a vida insiste em nos desenhar. Como pode alguém pagar minha hospedagem estando naquela situação?

Lunar - Esta palavra mendigo só existe em sua cidade, aqui os organismos se ajudam, ele vive nas ruas por opção.

Cansou de ter tantas coisas e nada fazer para mudar o mundo que agora ele as divide. Para ele a riqueza não vem em ter posses e os valores materiais não tem sentido, são apenas tralhas e vaidade, não são esses valores de fato que realmente importam para ele.

Vale muito mais ajudar quem não tem, do que ele próprio possuir. Um certo organismo ensinou que quem deseja ser salvo deve aprender mais a dividir que somar, embora em outras cidades pensa-se que a prosperidade significa acumular bens. O organismo nos ensinou que prosperidade é dividir, e tornou essa prática uma lei. Aprendemos que prosperar significa não termos mais do que podemos ou precisamos possuir. Esta é a vida que seguimos.

Os doadores de rua possuem bem pouco para si e quando ganham muito com seus serviços de unir os seres e de aconselhá-los, recebem um bom valor dos bons organismos. Quando todos se ajudam sem querer um mais que o outro, tudo flui um pouco melhor. Um dos maiores doadores de rua que temos notícia era um professor de matemática que andava com roupas rasgadas, comia átomos baratos, não ligava para aparência, tomava banho todos os dias e ensinava na praça da cidade de uma forma teatral que atraia as crianças mostrando como funcionava o universo dos números, da filosofia e da história. Ele não andava com nenhum valor nos bolsos. Ensinava de modo tão simples e dizia que não precisava de muito para viver. Não gostava de quem ostentava riqueza, nem vaidade e dizia que todos somos iguais perante a Deus e que ninguém tem o direito de humilhar quem quer que seja, pregava o amor, a tolerância e usava gravatas novas em forma de protesto e dizia que não é uma gravata que torna alguém melhor ou mais feliz, e sim, nossa capacidade de ajudar quem precisa, isto faz toda a diferença em um mundo tão desigual. Incentivava o trabalho e a cooperação de todos. Afirmava que um exército só existe de verdade, quando todos buscam um mesmo objetivo em comum.

Circinus - Fantástico e fascinante existir um ser assim, ele foi iluminado por Sirius, ainda bem que os bons exemplos edificaram mais do que grandes construções por aqui, na cidade onde os sonhos nascem. Lamento dizer que em minha morada, os que dão conselhos são ignorados ou chamados de moribundos. Para eles o que os outros dizem pouco importa, ainda mais um mendigo. Você pode até elogiar um criminoso, mas tem que ter currículo ou nome para ter alguma credibilidade, até nossas leis são julgadas pelos amigos dos criminosos. Lá o que deveria ser uma piada ou absurdo na verdade é uma realidade.

Um organismo como este, um doador de rua em Polygonos seria tratado como se não existisse, porém aqui todos parecem gostar dele. Pelo jeito, os organismos o olham não com desprezo e sim com uma tremenda alegria. E tudo isso é muito bonito.

Circinus se emociona.

Lunar - Jovem, todos gostam deles porque eles são espontâneos e ajudam a todos. Do organismo mais novo ao mais velho, esses doadores das ruas passam a vida no centro e nas casas de alguns organismos que são seus amigos ou em hotéis como este.

Eles distribuem alimentos com os valores que ganham a alguns organismos desfavorecidos de nossa cidade quando sentem fome e nada tem em seus casulos vão para o centro da cidade, onde estes organismos os esperam com um sorriso, e com átomos aos montes de vários tipos para alimentá-los.

É proibido passar fome em nossa cidade, se for criança ou velho então, jamais podem estar sozinhos na rua com fome ou pedindo, somos todos obrigados a alimentar uma criança ou um velho sozinho pelas ruas, pois pode-se dar ordem de prisão por deixar uma criança ou velho sozinhos com fome.

Sobre os doadores de rua é um hábito cumprimentá-los na rua. É uma das atitudes mais nobres conversar seja por quanto tempo for com um deles.

Circinus - Como esses organismos foram educados? Em minha cidade os que deviam ser educados, são os mais mal educados. Tudo em minha cidade é vaidade, egoísmo e ter posses. É impressionante existir organismos desta natureza.

Onde vivo os organismos viram o pescoço ou atravessam a rua com medo dos organismos que moram nas ruas, como se estes fossem animais perigosos. Aqui ocorre o inverso.

Lunar - Os mais ricos desta cidade cansaram de ter tantas coisas e nada fazerem para melhorar a situação do mundo, que passaram a dividir. Eles nos ensinaram a compartilhar, em vez de só reclamar, começaram a agir. Aqui há apenas o Rei como comandante máximo da nossa cidade, e ele tem de ser justo, senão ele é deposto e entrará outro rei no lugar dele que seja mais justo. Os valores aqui tem um limite, não se pode ganhar ou ficar cerca de vinte vezes mais rico que todos que aqui vivem.

Existem doadores de rua que usam terno e outros são como aquele que você viu. Quando passa um rico por aqui, a maioria conversa com eles sobre como estão os organismos e quais são as novas histórias. Os doadores de rua são famosos por antes possuírem patrimônios incalculáveis, até mesmo o ser mais rico do planeta Átropos preferiu se tornar um doador de rua aqui e vive bebendo líquidos no Rio Aqueronte. Ele construiu um hotel gigantesco dez vezes maior que este em que hospeda crianças e velhos e trata-os da forma como gostaria de ser tratado. Aqui segue aquela máxima tudo tem limite e tudo tem valor.

Circinus - Mas como nenhum mendigo pegou os valores estrelares que ganhou, e resolveu mudar de vida ou se mudar daqui? Quem iria preferir viver assim pelas ruas, sentado e desfalecido, que confortável usufruindo dos seus valores?

Lunar - Bom você mudaria ou pegaria os valores todos, sendo amado e respeitado pelo seu povo? Os seres os veem como heróis. Em quase todo lugar que vão são bem recebidos, os organismos os abraçam, apesar de só viverem aqui no centro, eles perguntam milhões de coisas, são amados por todos os cantos de nossa cidade.

Riem e festejam onde quer que eles estejam. Só não são ovacionados quando eles estão dormindo. Pois é preciso respeitar o descanso de todos. Houve um caso de um doador de rua que pegou os valores e fugiu daqui, acabou os valores e quando ele voltou foi preso como um ladrão. Hoje seu nome é sinônimo de maldição.

Na televisão estrelar eles aparecem como heróis das ruas, ser doador de rua aqui é um privilégio para poucos, quanto mais se ajuda mais se é respeitado por aqui. Não necessariamente ser um doador de rua seja morar na rua, você pode ser um e simplesmente viver no bairro tranquilamente, ou mesmo morar em um casulo pequeno. Mas para ser um, é preciso ter um bom patrimônio, não há mendigos como em sua cidade, porque não é permitido ser maltratado, quem tem algum problema mental ou é dependente químico acaba sendo tratado em um hospital especial.

Circinus - Desculpe amigo eu havia confundido com alguns organismos que dominam minha cidade. Eles a controlam sem estarem vivendo em meio aos organismos e ao contrário dos mendigos aqui, vão para o meio dos organismos apenas quando precisam deles.

Onde moro, as elites dominantes enganam a si mesmos e traem seus próprios amigos e irmãos, como se vivessem em outro mundo, neste caso todos os organismos que aqui vivem, de fato, vivem juntos uma mesma realidade e penso que é assim que deveria ser em toda parte.

Lunar - Ouça, hoje, um dos doadores irá se pronunciar antes de você dormir se desejar ouvi-lo. Vá até a calçada.

Circinus - Não perderei segundo algum deste momento.

*Fogos de artifício explodem no céu, só há luzes não há barulho. Está chegando o doador para se pronunciar de túnica branca e barba imensa. Ele é negro de estatura mediana com um olhar de criança. Um sorriso cativante, forte e belo.

**Com dois seres brancos ao seu lado, ele vai começar a discursar para os seres que se reúnem e sentam ao chão para ouvi-lo. Alguns seres estão de pé em volta vão reunindo aos poucos, outros nos telhados ou mesmo nas sacadas dos prédios. Surge um aparelho para que ele possa dizer as palavras e um palco é montado em poucos minutos estrelares. Os olhares são únicos, incrivelmente a agitada cidade de Átropos agora para e encontra-se completamente quieta. Ele testa o aparelho, pede um pouco de silêncio e todos o respeitam.

***Ele sorri antes de começar.

Doador - 'Amigos viajantes do extremo norte e sul, da ponta de nosso globo sem ponta. Ao raio do diâmetro de nossa circunferência. Somos iguais em espécie, nosso material genético é estupidamente o mesmo. Amigos que aqui moram e vivem. Não importa o tempo que vocês estiverem aqui, e sim o quanto se sentirem bem estando. Nossos erros irmãos são rios que correm e nos deixam tristes por tudo que aconteceu, mas só assim aprendemos onde e como devemos navegar. Não há felicidade sem que estejamos juntos, que o pequeno gesto de ouvir o outro, de falar um pouco, de agradecer, de olhar e de procurar o mínimo que seja em entender o outro. Que o gesto de discordar sem agredir, de não concordar seja dizendo ao outro o que pensas e que o outro entenda que outro possa pensar diferente, mas que quem pensa tão diferente não é permitido cometer crimes nem mudar a harmonia e o amor que vivemos em nossa cidade. Todos têm o direito de se assim quiserem ficarem a sós o tempo que desejarem. Que o fato de conviver e dar um pouco de atenção é válido seja onde estiver. Nosso planeta como calculam nossos bons matemáticos terá um fim, e que o que levamos conosco seja todo nosso entendimento de nossas diferenças e que devemos ser iguais quando se trata de respeitar o outro, e que possamos sim discordar do que se pensa, se surgir algo melhor a se pensar e que o Deus Estrelar esteja com vocês. Ajudem os menos favorecidos, incentivem os que passaram por tragédias, animem os desanimados, ensinem os que não sabem, escutem os que falam, ame os que te amam e vivam. Tenham todos uma boa noite, descansem em paz, irmãos, amigos, tenham todos bons sonhos'

*Todos se cumprimentam um a um e saem para ir dormir.

No hotel Vegas.

Circinus - Foi um ótimo discurso, mas não tem um fim? Por que?

Lunar - Daqui uns dias ele volta e vai continuando, isso nunca tem fim, ele sempre vem com uma ideia nova, uma história nova ou aparece outro doador falando.

Somente o final de nos cumprimentarmos é que ocorre o mesmo. Saudamos a vida. Sabe viajante, é bom que todos vamos dormir em paz, depois de um dia cansativo.

Circinus - Isso é maravilhoso. Em minha terra o chamariam de louco. Isso é sublime, irei dormir bem melhor depois dessas palavras e pelo tom melodioso de paz que deu ao meu espírito. O que acabei de presenciar parece até que surgiu de outro mundo para além deste. Boa noite, senhor.

Lunar - Boa noite, tenha um bom descanso. Até amanhã, durma e sonhe com os cometas estrelares.

PASSEANDO NA CIDADE DE BAUBO

*O viajante acorda sonolento. O despertador de estrelas faz o ar vibrar com ondas sonoras dançando por dentro da matéria até os ouvidos de nosso viajante que embora esteja querendo dormir mais, sabe que terá um dia longo para descobrir o que se passa nesta cidade, logo ele toma cerca de sete cápsulas de um remédio que não o faz ter sono e sua concentração fica mais alerta durante um tempo maior ele não dormirá, nem terá sono, quando passar o efeito ele apagará na cama ou em qualquer lugar que seja plano e deitará nestas três horas lunares e meia em diante ele terá que descansar, tudo feito com base em um cálculo que usa o próprio organismo de acordo com dose ingerida sobre o peso que daria o tanto de cápsulas consumidas e de horas acordado. Ele se alimenta de átomos e folheia as notícias, tudo parece se repetir e não são boas, ficou sabendo que um conhecido foi preso por não ter ligado os faróis em plena luz do dia e por ter esquecido os documentos pagos na gaveta do quarto, outro foi agredido por discordar de uma opinião, outro foi acusado de corrupto por um ex corrupto que se diz não corrupto mais. Circinus se sente triste, afinal de contas, hoje se comemora o dia em que Sirius criou a esperança para os organismos menos desfavorecidos.

Nas Ruas de Baubo.

*Caminhando ele encontra uma construção. Um prédio de grande extensão está sendo feito em forma de triângulo na parte superior, e com trapézio-estrelar em sua base. Ele resolve conversar com um dos construtores.

Circinus - Com licença, mas por qual razão estes organismos estão tão felizes juntos e sorrindo? É apenas porque aquele mais gordinho sem camisa está dançando em frente a eles?

Enki - Bem, se ele está dançando, significa que ele foi aceito para ser um dos nossos. Ele está na idade de ser um baubociano é um ritual. Agora ele pode brincar e ajudar a construir qualquer coisa, acaba sendo livre para criar, livre para escolher o que aprender e com quem aprender. Quando você se torna um baubociano, você ganha a liberdade de escolher o que é melhor para você e para sua família.

Se ele fracassar, os amigos vão insistir ao lado dele para continuar. Todos aqui são úteis para alguma coisa. O arquiteto toma fluídos negros com o organismo que leva a areia, muitas vezes o engenheiro tem como o melhor amigo o ajudante mais humilde. Aqui é diferente de algumas cidades eles constroem em equipe, pelo prazer de construir, nós sabemos que precisamos um do outro para termos um mundo melhor e mais justo.

Não pensamos em construir para nós mesmos, mas sim, pensamos em construir para todos que estão a nossa volta. Os organismos femininos servem os fluídos negros e os átomos coloridos, sem nenhum preconceito ou julgamento. Também existem organismos femininos que coordenam um batalhão de organismos masculinos para os afazeres pesados. As musas aqui são muito boas quando se trata de espaços para as construções, por isso, a arquitetura é bela.

Cada um tem sua casa como acha melhor e ajuda a casa seguinte quando se pode, até ficar do jeito que o vizinho se sentir melhor. Não é permitida a desavença senão este, perde toda sua ajuda, quem arruma confusão perde todo o respeito dos demais. Você por exemplo: Depois de três casas ajudadas quando jovem, você não vai precisar mais ajudar ninguém a construir outra casa, a não ser que você queira e a sua casa será ajudada por outros jovens quando você se casar, ou seja, ajude a construir três casas quando jovem para você ganhar a sua. Não é uma obrigação, todavia você pode ganhar uma ajudando a construir três. É uma satisfação imensa ver pronta, os nomes dos construtores estão na escritura, apesar do dono ser você, é claro, sobretudo os que não querem o estudo teórico e preferem à prática, se alegram e se gabam das casas feitas e ajudadas. Sabe, jovem, há um prêmio em valores significativo para quem ajudar a construir cinquenta casas ou trinta prédios como este.

Circinus - Isso é impressionante, esta cidade tem muito a me ensinar. Gostaria de saber quem paga os materiais ou o terreno?

Enki - O reino e os amigos em volta ajudam, além do trabalho próprio seu. Nós entre os baubocianos, procuramos respeitar o vizinho e caso ele não queira conversar tem todo o direito, só que em geral nos reunimos para celebrar a vida, uma vez por mês lunar, temos claro, juntos que agradecer a Deus por mais um dia.

Mesmo os que não agradecem, podem ir em nossas reuniões comer o que cada um traz de novo, não tem problema, nós não estamos aqui para julgar, só não é permitido abusos ou confusões, o respeito é uma lei acima de tudo.

*Circinus escreve tudo que ouve e vê, se despede e vai em direção a um bar.

**Caminhando em Baubo, vê belas musas passeando, há artistas desenhando nas ruas, alguns cantando e tocando, professores explicando para as crianças e demonstrando como são formadas as estruturas e peças, os seres mais jovens e sérios estão apressados, os seres mais velhos caminham tranquilamente sem se preocuparem, o céu está nublado e a vida flui.

NO BAR DE ESTRELAS PULSANTES

*Ao entrar no bar quase escorrega com o tapete da entrada em que está escrito uma frase: "Não beba". Há drinques, bebidas, taças, garrafas, mesas, cadeiras, música ambiente, a luz nem é forte nem fraca, no balcão caberiam 25 seres sentados de Átropos sem incomodarem um ao outro.

**Nosso viajante se senta no balcão e bebe uma bebida--etílica em uma caneca estrelar de tamanho bem avantajado. Ele está pensando, como pode existir um lugar tão diferente, sendo que não há diferença, somos os mesmos organismos.

***Dois seres se aproximam e sentam ao lado dele.

Hermes - Jovem, sabe qual o problema dessa cidade?

Circinus - Não sei senhor. Qual seria?

Hermes - Aqui tem-se muita liberdade e pouca obrigação. Onde se tem muita liberdade se tem muitos vícios, isso causa ociosidade. Os organismos são feitos e criados para seguirem o caminho mais fácil. Como estrelas precisam de energia, todos nós precisamos treinar nossas glândulas superiores, para agirem e não se acomodarem nessa mesmice dos dias, o que se repete todos os dias, não tem valor é isto que nos causa depressão e tristeza.

Zelo - Ei, quem é você para dizer o que deve ou não fazer as substâncias? Muita liberdade dá oportunidade de muitas coisas serem criadas, sua cartilha só serve no seu mundo.

Hermes - Você que faz parte daqueles inocentes Anarketes que defendem a causa com um símbolo com um X no meio, querem liberdade em tudo para destruírem todos os valores criados. Olhe a arquitetura e engenharia desta cidade, tudo está inacabado, e quando terminam é algo bem simples ou de mau-gosto. Não existe dedicação, estudo e nem planejamento, tudo é feito de qualquer jeito. Há muita falta de educação de alguns ao passear pela cidade, ficam sorrindo o tempo todo. Falsamente nos cumprimentam e não são capazes nem mesmo de organizar uma pequena fila de soldados estrelares.

Zelo - Essas construções foram feitas para os organismos se abrigarem, o gosto de cada organismo deve ser respeitado. Só na sua cabeça, que deseja nos transformar em robôs em vez de organismos.

Ambos se encaram, o viajante os separa.

Circinus - Amigos, amigos não briguem. Entendo ambos e cada um de vocês têm suas razões. Estou apenas de passagem. Foi bom encontrar vocês por aqui. (Sai do bar antes de terminar sua bebida) e joga algumas moedas estrelares.

*O céu muda de cor e as estrelas brilham mais intensamente no céu.

**Encontro com Religião da Cidade.

NA CATEDRAL ILUMINADA DE ESTRELAS

Encantado, o viajante entra na catedral.

Circinus - O meu amigo Boötes deveria estar aqui, com toda certeza iria ficar encantado com esta bela igreja que tem a imagem de Sirius no teto com decoração em detalhes azuis calmos como a cor de nosso céu radiante, parece feita por alguém bem sensível, deslumbrante, o modo como está pintado deve ter demorado bastante. É belo cada detalhe, cada movimento é esplêndido. Foi totalmente feita com padrões clássicos dos tempos em que valorizávamos as artes. Do piso às paredes com molduras, tudo é belo. Por favor, poderia o senhor me ajudar desejo saber o que se passa aqui, como funciona o ritual de vocês?

Charlot - Irmão. É igual como em todo nosso planeta. Nossa cerimônia é a mesma por mil séculos de luz e assim será. Fazemos nossas orações e celebramos a vida.

Circinus - Como é a relação de vocês com os organismos aqui?

Charlot - Como adoramos um Deus justo, buscamos ser como ele. Somos justos um com o outro, nos abraçamos, desejamos saúde a cada organismo que entra. Quando estamos próximos seguramos as mãos um do outro e pedimos paz, quando estamos distantes sorrimos e cumprimentamos os mais quietos, sérios ou afastados, só não admitimos algo contra nossa moral ou respeito, principalmente falar algo contra nossos valores. Cantamos em louvor a Deus e a vida. Quem entra aqui ganha amigos. Não precisa conversar, mas o cumprimento é sinal de educação, uma obrigação, um sinal de respeito. Agradecer a Deus pela vida é nosso dever.

Circinus - Então, existe um Deus aqui e a maioria dos organismos não são ateus como pensam em minha cidade?

Charlot - Existe um Deus em cada planeta, em cada ser pensante há um Deus, porém onde ele mais se revela é dentro de nossa alma. De alguma forma para a forma existir tem que existir um Deus. Não existe cálculo para proporções da beleza, do amor, da raiva, da amizade, da alegria etc. Não se pode calcular o valor da alma, no entanto, em um segundo podemos perdê-la. E só podemos atribuir a Deus esses segredos que sentimos e tudo que existe a nossa volta não foi feito ao acaso, teve um arquiteto que moldou nossos corpos e permitiu tanto nossa existência quanto nossa própria vida. A maioria dos seres de nossa cidade são ateus sim, ou melhor, agnósticos por tradição, preferem duvidar que crer. Vieram das regiões mais afastadas onde teve a Revolução Radiante que desencadeou uma série de escritores que buscavam explicação entre o que pensavam e o que sentiam sobre o mundo, sem nenhum intermediário intervindo.

Circinus - Aquele senhor está ajoelhado pedido clemência aos céus?

Charlot - Aqui nós não viemos para pedir. Nem riqueza, nem átomos de alimentação. Aqui nossa igreja é um local somente para agradecer a Deus pela vida, Sirius condena a riqueza assim como nosso atual governo o Rei odeia a palavra pobreza e miséria, só se pode ser Rei aqui sendo justo. Nada mais certo que agradecermos por desfrutarmos da vida que temos. Mesmo que ela seja breve quando somos felizes, e longa quando somos infelizes.

Circinus - Que lugar fascinante! Com licença senhor, tenho que ir. Que Deus te abençoe.

Charlot tira sua cartola e o cumprimenta com um abraço.

Charlot - Fique com Deus, meu filho. Pois tudo é passageiro. Lembre-se Deus disse:
"Ame aos poucos, para descansar."

*As escadas estrelares, são outro ornamento a parte, nosso viajante desce do altar e à medida em que vem descendo os degraus uma frase esculpida na parede chama atenção:

"Obrigado Senhor por mais um dia, por nos ter dado a oportunidade da graça da vida e de nos fazer sonhar em cada amanhecer. Obrigado Deus."

**Após se movimentar um pouco, nosso viajante vê uma construção gigantesca em volta de uma praça extraordinariamente grande com seres trafegando com livros e conversando uns com os outros. De repente, alguns param e olham para os céus, duas luas-vermelhas se entrelaçam formando um eclipse entre o vermelho e o violeta.

ENCONTRO COM AGLAIA, COM ECLIPSE LUNAR NOS CÉUS DA CIDADE DE BAUBO

*A biblioteca do centro parece mais um monumento erguido por sábios antigos do que algo feito pelo governo. Na prateleira da entrada encontra-se um livro com a capa azul de nome "Retratos de uma existência", por sinal um livro de ótimo bom gosto. Nas demais todos separados por letras e números. Filosofia, história, romance e ciência são os mais procurados. Em cada local existe um organismo para explicar e recomendar o livro que se deseja saber ou aprender. Um fato curioso é que nas escolas as crianças aprendem como funcionam as aeronaves, carros, o corpo dos organismos, como se constroem casas, como funciona a natureza, como funcionam os mercados e as leis, com a experiência dos materiais utilizados na prática e a teoria, em todas unidades escolares existem laboratórios e elas saem das escolas capazes de montar e fazer funcionar aquilo que têm mais vontade e gosto, sabem como funciona quase todo tipo de tecnologia que utilizam e conseguem montar e desmontar quase todo tipo de invenção. Nas faculdades eles continuam fazendo o que faziam nas escolas, só que com mais profundidade no tema escolhido. Amam as informações, os organismos entram e saem da biblioteca, há lugares por quase toda parte e pode-se ler tranquilamente, proibido o barulho, com risco de prisão caso não pare, os guardas estão perambulando do lado de fora. Enquanto há liberdade e os organismos sorriem em um outro ambiente da biblioteca onde contam o que leem uns aos outros, livres e sem preocupação caminham para o lado de fora onde se vende átomos de alimentos para alegria dos demais. A biblioteca é maior que as igrejas, maior que os estádios de futebol, em tamanho só se perde para os hospitais, diria até que se investe mais em conhecimento que qualquer outra coisa por aqui. Há crianças que ensinam umas as outras na própria biblioteca e ganham átomos e presentes dos seres que participam.

Dentro de uma parte da biblioteca.

*Quase todos os lugares estão ocupados menos um de uma jovem e bela musa, nosso viajante resolve ir para lá.

Circinus - Olá, se a senhorita não se incomodar será que eu poderia me sentar aqui?

Aglaia - Pode sim, fique à vontade.

Circinus - Muito obrigado.

Aglaia - De nada.

Circinus - "Escrevo como as luzes do destino que me levam, está cidade é linda. As musas são belas e os monumentos inimagináveis, amigo. Os mendigos são respeitados e ovacionados como se fossem heróis que inclusive discursam reunindo organismos nas calçadas, os operários trabalham pensando no bem-estar dos moradores e os chefes são amigos dos funcionários, há leis que ajudam os que trabalham a terem onde morar. Nos bares há os que reclamam de tudo e os que defendem tudo. A biblioteca é um monumento, em tamanho e respeito é maior que as outras construções, só perdendo para os hospitais em grandiosidade, as crianças sabem como funcionam e quais os materiais utilizados, conhecem o funcionamento do corpo dos organismos e da natureza, quase toda tecnologia eles conhecem, inclusive uma ajudou-me a consertar meu aparelho para te enviar está mensagem, não demorou muito e rapidamente ela saiu para brincar. Eles cultuam a Deus agradecendo e nunca pedindo nada, há frases de agradecimento a Deus pela vida e não há nada sobre pedir para Deus coisa alguma. Apesar da maioria ser ateu ou agnóstico, talvez por esse fato dizem que eles são perversos em nossa terra, mas alguns duvidam, ao invés de crer. As crianças aprendem como construir casas, aeronaves, como funciona o comércio e as leis, além de aprenderem os valores morais. Estou encantado com o clima, com os seres e com as ideias que esta cidade pode me trazer. Aqui não se briga por pensar diferente, não se xinga por não apoiar um regime ou outro, não há divisão de ideias e sim acrescentam novas visões de mundo, ao fim, respeitam uns aos outros e ninguém odeia ninguém por pensar ou ser diferente, apenas dão valor as nossas ações. Até mesmo os valores materiais tem um limite, não se pode ganhar vinte vezes mais que qualquer ser que aqui vive. Há limites para o quanto se ganha e se cultua ajudar os outros e agradecer a Deus pela vida. - Ao meu sincero amigo e irmão de sempre B.o.T. que as estrelas o acompanhem"

Aglaia - Desculpe, acabei olhando você escrevendo uma carta e gostaria de saber se o senhor é um escritor ou alguém apaixonado?

Circinus - Não, na verdade sou arqueiro em minha cidade e também trabalho com conserto de aeronaves. Nas horas vagas discutimos ciências e filosofias, porque fui educado com livros também, diferente de alguns dos meus colegas. Resolvi me aventurar um pouco por curiosidade. Acabo sentindo esta necessidade muito comum de querermos descrever o modo como pensamos ou nos sentimos. Esta carta foi enviada para meu amigo e irmão de outra cidade. Escrever para mim, é algo estranho, mas que nos dá uma sensação de sermos tão grandiosos mesmo não sendo.

Aglaia - Então, você já pensou em escrever um livro?

Circinus - Na verdade não, acho bem complicado escrever um livro, posso mostrar algo que eu escrevi?

Aglaia - Seria uma honra. (Olha o texto e fica com semblante de alegria). Eu gostei! Você escreve bem.

Circinus - Muito obrigado! Bem eu gostaria de conhecer um pouco sobre como as musas aqui pensam e agem. Onde vivo, elas não gostam muito de se expor. Dificilmente encontramos alguém tão encantadora assim como a senhorita e que de forma humilde conversa conosco. Há tão poucas musas em minha cidade que falam uma língua simples sem maldade, sem interesses que onde vivo as que não têm se transformam em deusas quando a encontramos. Qual seu nome?

Aglaia - Não sou nenhuma deusa. Só em meu nome, me chamo Aglaia. E o seu?

Circinus - Meu nome é Circinus, mas pode me chamar de Cir. Talvez você seja uma Deusa e nem saiba.

Aglaia - Vou procurar descobrir se sou (Risos). Gostei muito do modo como escreve e de como fala, porém agora eu tenho que ir embora. Tenho algumas coisas para resolver em casa.

Circinus - Tudo bem. Foi um prazer ter falado contigo.

Aglaia - Igualmente.

*Aglaia sai com um sorriso e feliz, dá um tchau com as mãos olhando nos olhos. Nosso viajante não sabe como reagir diante dela fica imóvel como se fosse uma estátua.

**Falando sozinho.

Circinus - Que raio de sol passou por aqui, quem é essa Deusa que é Deusa até mesmo no nome. Quanto encanto, será que ela gostou de mim? Não sei. Aglaia é um belo nome, e eu não posso me apaixonar assim por alguém que acabei de conhecer, mas é difícil não se encantar quando a musa é bela e gentil.

*Escreve Circinus no rodapé:

"Aglaia tem os olhos negros pulsantes, cabelo castanho escuro grande brilhante, pele macia, natural e delicada como o amor, não é nem alta, nem é baixa e desajeitada como uma musa sem jeito, suas bochechas são grandes, o sorriso belo e fácil, possui a voz doce e suave, olhar penetrante que confunde nossa atenção, os lábios grossos e delineados. Tem-se uma essência que atrai até os astros do céu, cuida de cada detalhe, demora a escolher suas roupas e gosta de apetrechos simples, sim ela é simples, como toda sutileza do amor deve ser."

NA PRAÇA DO CENTRO DA CIDADE

Rei - Senhores, avisem aos doadores que farei um festival aqui para saber quem melhor atira com arco e flecha e quem melhor escreve poemas. Estou cansado destas novas tecnologias que só prendem os reis como eu e não levam a nada. Coloquem os melhores seres para avaliar antes de colocar os três melhores competidores quem vencer ganhará o direito de se encontrar com o rei para beber, comer e conversar sobre o mundo por alguns minutos. Nada mais justo. Caso a conversa seja proveitosa, receberá alguns trocados pela espirituosidade além de ter acesso aos melhores lugares de nossa cidade por três dias solares.

No ouvido do Rei.

General - Senhor, estão tentando invadir o lado sudeste de nossa cidade, os yorks querem as terras daquela região rica em agricultura.

Rei - São quantos soldados próximos daquela região?

General - O menor número possível, Majestade. Mas vamos vencê-los em aproximadamente oito luas estrelares.

Rei - Você está dizendo que tenho que aguardar esta guerra insignificante terminar?

General - Não senhor, as mortes naquela região não alteram o universo deste lado e não afetam nossas festividades. Apenas estou informando que há uma guerra, por conta dos átomos de alimentos os Yorks resolveram guerrear por terem sido expulsos por outros povos e acreditam agora que somos inimigos, eles pensam que por não terem território têm de tomar os nossos.

Rei - Que eles sejam eliminados do mapa. Não cite nenhuma guerra em nossa cidade, pois podem pensar que somos amantes de guerras e mortes, quando na verdade amamos e cultuamos as belas artes. Nenhum inimigo será poupado, quem tenta contra a vida de qualquer cidadão que esteja em nossa cidade é inimigo do rei e deve ser morto.

General - Assim será feito senhor.

O desafio dos arcos e da poesia.

Circinus - O Rei está fazendo uma competição de duas coisas que faço em minha cidade, quanta coincidência, como dizia meu amigo a coincidência maior seria se ele tivesse me nomeado príncipe e um Deus imortal, ou seja, nunca há coincidência quando um destino é impossível. Farei este concurso para o arco e flecha. Será que estou vendo o que acho que estou vendo? É ela mesma? Aglaia? Meu Deus!

Aglaia está no palco com o Rei

*Aglaia conversa com o Rei dizendo que está cansada e quer ir para casa. Ele diz para ela esperar um pouco que logo todos vão embora.

DISCURSO DO REI

Na praça do centro da cidade.

Rei - Vocês a partir dos 16 anos de idade estrelar, com limite de idade de 40 anos de idade estrelar, podem começar a fazer a inscrição e estaremos selecionando os melhores arqueiros e os melhores poetas. Caso nenhum vença nos arcos faremos outro concurso só no ano lunar que vem. Em relação à poesia terá que ter encanto e ternura, e o tema será o amor inocente, não tendo ninguém classificado ou nenhum organismo bom o suficiente, se o mesmo não for aprovado por mim, serão condenados e presos, todos os pseudopoetas ficarão dois meses na prisão lendo e fazendo resumo de poetas consagrados, cada dia que não fizer um resumo convincente aumentará dois dias da pena, sendo obrigados a ouvir o discurso sobre ambientes arejados por desinfetantes ineficazes. O preso pode conseguir sair se fizer uma poesia decente.

Os organismos em silêncio o olham.

Calma, amigos, pelo semblante vejo que vocês estão assustados, não vai haver prisões é apenas uma brincadeira. Vocês andam muito sérios ultimamente. Vou ler a última poesia vencedora, para acalmar vocês. Aliás, minha filha de nome Andrômeda irá ler para vocês, um minuto de silêncio estrelar por favor:

*Todos a aplaudiram, antes de começar.

"De algum jeito dentro da gente havia um sentido maior que controlava nossa própria vida se esbarrando em nossos desejos e esperanças, por isso sem saber nós ficamos ingênuos preparando tanto para esse dia que por um só momento de nossas vidas podíamos ficar a sós e juntos para deslumbrarmos deste instante único e magnífico. As estrelas pareciam permanecer imóveis sob o céu, ao mesmo modo nós nos sentíamos imóveis sobre a terra, olhando-as. Vivíamos toda a mágica sensação de conseguir unir a natureza na sua mais bela forma de ser. Embora tivéssemos consciência, de que não fosse assim, sentíamos que tudo fora feito para nós dois. Desde o organismo que serve o suco de moléculas ou o beijo com gosto de sorvete estrelar. Era de maneira indelével como se toda nossa vida surgisse para apreciarmos esse instante que ia desaparecer como os outros instantes de nossas vidas, os momentos que permanecem nos fazem acreditar numa vida melhor. Por todas as dificuldades que passamos juntos. Nossas almas esperançosas podiam tocarem-se sozinhas. Não há dúvidas, nem preconceitos, nem egos, nem obrigações, nem futilidades. Tudo se resumia num beijo que calava e fazia dos outros sentidos algo secundário e sem valor. É tudo que acontece existe uma razão para que aconteça e é maravilhoso que possamos mudar tanto para melhor quanto para pior porque somos especiais, ou, éramos especiais e aquele mesmo vento vinha dizer algo aos nossos frágeis corpos, que éramos a manifestação única do tempo que delineava como e onde deveríamos viver nossos próprios sonhos. Figurantes a nossa volta ficavam entrecortados. Sentiam um amor quase que apagado e ditado por uma vida fugaz, por uma alma desesperançada, vista e ditada como se todo o amor pudesses ser substituído por qualquer bobagem, que os sonhos fossem feitos com qualquer-qualquer por aí e que a receita era sorrir onde quer que fosse para o amor surgir. Nós sabíamos o quanto era raro tanto amar como sermos amados e tudo à nossa volta desejava ser contrário ao que buscávamos e acreditávamos, para realmente, por isto seríamos diferentes de dois seres que se encontram em qualquer cidade ou esquina, não éramos assim, só se podia sorrir de verdade juntos e o mundo em Átropos era tão menor do que realmente imaginávamos, porque de bilhões de organismos ou seres que não conhecemos, fossemos tão somente nos encantar por existirmos tão próximos um do outro, um amor maior e melhor que nossas próprias vidas. Menos chato e mais intenso e verdadeiro que nossas palavras entre os seres que conhecemos... Ô banalidade, Ô Assuntos enjoativos, Ô organistas, desejávamos ir embora e escapar de tudo para vivermos juntos. O que aprendemos a viver entre tantos e tantos organismos... somos únicos por assim dizer poetas... e mesmo o menor comentário ou apenas um olhar vale para escaparmos juntos de tudo que nunca desejamos viver. Queremos ser e só podemos ser realmente felizes se o instante maior entre a vida, fazer da gente a maior parte e que contar um com o outro venha ser contar com o brilho das estrelas... somos únicos por assim dizer poetas da vida.. sim, poetas da vida e nada mais."

Os organismos aplaudem e gritam. A princesa Andrômeda fica com vergonha, mas sorri. O rei lhe dá um abraço.

Rei - Voltamos em breve, amigos. Façam o seu melhor. Estaremos torcendo pelos melhores arqueiros.

*Circinus fica encantado com o evento e pensa que podia-se ter mais poesia em sua terra natal, ou ao menos, deviam valorizar mais os poetas.

**Músicas estrelares tocam ao fundo.

O novo encontro com Aglaia e a lei da cidade.

Circinus - Senhor, desculpe a pergunta é que sou estrangeiro, gostaria de saber quem é aquela musa ao lado do Rei? E qual o nome dela?

Volans - Bem, todos a conhecem. O nome dela é Aglaia, ela é a filha mais nova do rei. Há uma lei aqui que todo estrangeiro que tentar se envolver com ela será preso ou expulso. Inclusive, se você tentar ou já tentou algo saiba que os guardiões do rei já estavam por perto. Só há um lugar onde eles não entram que é a biblioteca, porque lá ela precisa se concentrar nos estudos. Certa feita, ela jogou baralho com minha filha Tétis e revelou que ela se sente presa por ser princesa, não é tão feliz e nem acha que é livre representar esse papel o tempo todo a cansa e a faz sofrer.

Circinus - Isso só pode ser um sinal divino, sempre que acontece alguma coisa diferente em minha vida eu penso que o destino preparou algo para nós como dizia meu amigo, seja para bem ou para o mal.

Volans - Cuidado com as ilusões, não pense que o Rei perdoaria se você se envolver com a filha dele. Tem mais uma coisa, seus olhos brilham quando você a olha. Isso só pode ser um sinal, você está apaixonado.

Circinus - Eu não preciso de um milhão de anos, para saber que ela é especial, e que me faz bem.

Volans - Não posso te ajudar com ações, mas com palavras, cuidado com os guardas verdes. Para você mudar a lei só pelo parlamento, considero que isto seja difícil de acontecer. E a princesa só poderá se casar com alguém da cidade, que tenha nascido aqui. Olhe. Vão começar as inscrições para o concurso.

Circinus - Estou indo me inscrever. Um abraço amigo, obrigado!

Inscrição para o concurso de arqueiros e poetas.

Estrela Maior - Organismos masculinos e femininos, por favor, organizem aqui a fila para fazermos a inscrição.

Nesta primeira etapa faremos uma classificação e serão 10 flechas à distância de 30 metros de luz, para cada participante no alvo, depois serão 15 flechas com distância de 50 metros de luz, por fim são 20 flechas à distância de 70 metros de luz. Ao fim os classificados irão para uma final com 100 metros de luz e terão 25 chances, finalmente, os que mais acertarem no meio do alvo ou próximo será o campeão, um tiro certo sabemos é sempre um tiro certo.

Lembrando que o diâmetro do alvo é de 1,20 metros de luz. Venham fazer as inscrições. E depois já podem fazer fila perto dos alvos.

Circinus - Meu número é o 1989, será que dará tempo de conseguir participar?

Pavo - Jovem, pode entrar na fila maioria vai desistir porque eles não se preocupam com essas atrações, os organismos aqui preferem ouvir as músicas do violeiro na praça, ou beber líquidos assistindo às atrações. Em suma, tudo que não se tenha muito esforço para pensar ou agir. Seu número é esse, mas na verdade você já é o próximo.

Circinus - Que matemática usaram?

Pavo - Esse número escolhido é de um evento anterior que estão usando de novo para economizar papel. Semana passada o concurso era para ver quem tinha o seio maior, ganhou a dona do restaurante lasanha do porco-estrela queimado, cada seio tinha 6 quilos estrelar de força. Não tinha para ninguém.

Circinus - Em relação ao número. Eu gosto deste ano, foi quando derrubaram o muro do norte-sul e surgiu uma nova estrela poética. Bem, vou me preparar, muito obrigado.

*Nosso viajante prepara os braços e o arco e se posiciona, acerta o alvo e vai acertando, todos o olham com espanto. Afinal de contas ele é arqueiro em sua cidade. Das dez flechas ele erra o alvo em apenas duas, das quinze ele erra quatro, das vinte ele erra seis. Passando no teste. Os outros competidores, um é campeão em arco-flecha e só errou apenas seis alvos somados. Outro errou apenas oito, nosso viajante é o número três na lista de classificados. Chegou o momento da distância de 100 metros. O rei começa a observar do alto de um palco montado para as festividades. Os literários e intelectuais, cientistas da cidade estão em volta dele, não ligam muito para o arco-flecha, só que como os organismos começam a se reunir querem ver quem vai vencer e acabam envolvidos pelo ambiente. O rei quer saber quem são os três finalistas do concurso.

Rei - Jovens, apresentem-se ao Rei, quem são vocês?

Roobes - Meu nome é Roobes e nasci aqui mesmo onde os sonhos nascem e sou o campeão em arco-flecha da cidade e ganhei o último mundial realizado em cima das montanhas vermelhas. Em Átropos inteira não há nenhum arqueiro melhor que eu. Fico feliz por estar em sua presença Majestade.

Raio - Meu nome é Raio e nasci aqui mesmo onde os sonhos nascem e sou o vice-campeão da cidade, treino quase todos os dias e em Átropos inteira não há um só arqueiro mais rápido que eu. Estou feliz por estar em sua presença Majestade.

Circinus - Meu nome é Circinus e nasci na cidade de Polygonos fui criado próximo aos campos entre as flores e o jardim, conserto aeronaves de todos os tipos desde muito pequeno e me dedico ao arco e flecha como passatempo. Escrevo versos quando meu coração se sente solitário e estou pronto para enfrentar meus colegas, gostaria, Majestade de dizer que é uma honra estar em sua presença, cheguei a pouco nesta cidade e é um grande privilégio conhecer ou ficar diante de um Rei e seu reino, em tão pouco tempo.

Rei - Este garoto de outra cidade tem muita coragem e personalidade de desafiar nossos campeões. Sua cidade é conhecida por duas coisas: Por ter muitos corruptores e organismos trabalhadores. Sem mais delongas. Se prepararem e que vençam os melhores, que comecem os jogos.

General - Senhores, uma informação o campeão de invenção da competição anterior chamado Lattes está trabalhando em um grande projeto com nossos cientistas sobre como surgiu a matéria em nosso universo. Bem, sem mais delongas, quem sabe daqui saia um grande arqueiro e um grande poeta. Os arcos estão posicionados!

Rei - Senhoras e senhores agora sim. Que comecem os jogos.

Arco de 100 metros.

*Todos competem simultaneamente lado a lado. O campeão Roobes ajeita seu arco e com o olhar fixo, semblante sério e cabelo com gel brilhante consegue atingir o alvo e acerta no meio, das quarenta flechas ele erra apenas sete. O veloz e pequeno competidor chamado Raio pega suas flechas e erra apenas nove, nosso herói estrangeiro se assusta com habilidade deles. Olha para Aglaia que está no palco observando. Ele resolve se concentrar, começa a jogar as flechas uma a uma, os que o observam se assustam com a habilidade do rapaz, dos alvos acertados ele erra apenas oito ficando em segundo lugar. Todos batem palmas e exaltam o terceiro lugar gritando seu nome, porque para eles o que vale mesmo é a coragem de competir. O segundo lugar recebe palmas e gritos como 'Parabéns, você para nós é um campeão'. Já o primeiro recebe gritos eufóricos, então, o Rei resolve se pronunciar.

Rei - Parabéns a todos os arqueiros pelo belo espetáculo, valeu a pena assistir todos vocês que lutaram bravamente. Vamos aos poetas amanhã cedo, pois é preciso amor além de tiros ao alvo. Quero dizer que os três finalistas estão convidados para um almoço que se segue amanhã, depois nós teremos nossas poesias baratas.

*Todos vão indo embora. Nosso viajante agora quase-famoso recebe os parabéns dos cidadãos de Baubo e resolve alugar uma Aeronave no centro que fica bem próximo das festividades, procura olhar em volta para ver se encontra Aglaia em algum canto, mas nada vê exceto duas musas juntas que sorriem quando o veem. **Crianças brincam de guerra de luzes nos céus, e ele vê doadores de rua conversando juntos.

LOJA DE AERONAVES ESPACIAIS

A Loja quase toda feita de vidro exibindo belas aeronaves, carros e motos voadores.

*Escrito uma frase em letras estrelares e cheio de luzes: "As melhores naves para viajar. Como tudo na vida: Nós só arrependemos daquilo que não fizemos, e que deveríamos ter feito."

Circinus - Senhor, quanto custa o aluguel da aeronave?

Al-Ali - Apenas 20 moedas estrelares e 70 notas constelação, pode usar por uma semana. Bateria cheia e nitrogênio da mais alta qualidade das qualidades, parece até feita naturalmente pelo universo de Sirius.

Circinus - Vou querer um protótipo passeio para a cidade.

Al-Ali - Está aqui a chave.

Circinus - Senhor desculpe, mas onde posso pagar?

Al-Ali - Você é estrangeiro, não é?
Pague depois, quando trouxer a nave.

Circinus - Onde assino os papéis e onde pegam a minha carteira de piloto voador?

Al-Ali - Não tem que assinar nada. Fique à vontade.

Circinus - Amigo, desculpe, mas qual a garantia e se eu sumir com sua nave?

Al-Ali - Bem aí o problema seria seu e não meu.

Circinus - A nave custa caro e é sua.

Al-Ali - Aqui vale mais o que somos que o que temos, se o senhor roubar será conhecido como ladrão e ninguém mais vai te respeitar. Seja na sua cidade, na nossa, ou em qualquer outra. Quando o senhor entrou na cidade mapearam você, quando entrou na loja já sabíamos que o senhor não tinha antecedentes criminais, caso o contrário o senhor iria ser preso, sendo de outra cidade o mandaríamos para lá para cumprir sua pena ou não estaríamos aqui conversando. Nós tratamos diferente os criminosos dos organismos de bem, não importa de onde vem ou quem seja, por não ter crime ou passagem o senhor será sempre bem-vindo e terá crédito.

Circinus - Onde vivo, as instituições preferem seus valores que serem competentes, preferem ficarem ricos que honestidade. O pior eles beneficiam o réu por bom comportamento na prisão, não conheço ninguém que esteja preso e possa se comportar mal sem poder sair, realmente fica difícil cometer crimes quando se está preso.

Al-Ali - Você está brincando, este lugar existe?

Circinus - Os que fazem as leis são os mesmos que a julgam, e os que estão envolvidos em crimes são os mesmos que absolvem e criam as leis, além de ajudar seus próprios amigos que comentem os mesmos crimes que eles.

Al-Ali - É, parece que este lugar é uma ficção de muito mau gosto. É raro que o senhor não tenha cometido crimes em um lugar assim que parece, pela prática, ser comum a todos.

Circinus - Bem pudera, amigo, lá tudo contra lei é permitido, pior ainda, tudo funciona na base da sonegação de impostos, lavagem de valores e corrupção. Muito obrigado pela confiança.

Al-Ali - Quem sabe uma legião de jovens conscientes mude sua cidade com uma revolução de estrelas. Que Sirius te acompanhe.

Circinus - Amém! Que as estrelas nos guiem.

Eles se abraçam.

*Nosso viajante entra na aeronave, liga o motor e acelera de volta ao hotel Vegas, tudo preparado como ele tinha pedido, ao chegar cumprimenta os seres e entra no hotel. No quarto há uma frase escrita, "Então Deus Sirius disse: Ame aos poucos, para descansar." Nosso viajante adora esta frase e se deita, toma mais alguns remédios para dormir. Acorda com um despertador de energia bem cedo, assustado quase cai da cama, liga para o serviço de quarto e pergunta o que aconteceu?

O organismo na recepção diz que alguém o espera na porta do hotel, ele pergunta quem é? Ele diz que é um guarda-real, ou seja, um guarda do rei.

NA PORTA DO HOTEL VEGAS

Vestido com um capacete de estrelas azul e um uniforme verde, bem alinhado.

Guarda-Real - Senhor Circinus, nosso Rei o espera para o almoço de logo mais tarde. Será uma honra contar com a sua presença, se o senhor precisar iremos te buscar, avise via dados estrelares neste número do cartão.

Circinus - Será uma honra, logo mais estarei lá como quem deseja sonhos e arte, poesia e vida, amor e esperança. Uma pergunta, A família toda do rei vai participar?

Guarda-Real - Não senhor. A família não participa. A rainha fica no jardim do castelo em uma piscina de ótimo gosto com suas amigas. Uma das filhas vai para o salão de estrelas, outra para as festas lunares, outra fica só no castelo, outra vai para as praias, e outra vai para a dança dos deuses.

Circinus - Qual delas gosta de ler?

Guarda-Real - Na verdade Todas.

Circinus - Qual é a mais nova?

Guarda-Real - Senhor, não posso te dar essa informação.

Circinus - Qual vai para biblioteca?

Guarda-Real - É verdade me esqueci, uma vai para a biblioteca do centro. Senhor arqueiro, estrangeiros não podem se envolver com a filha mais nova do rei, há uma lei que proíbe. Por favor, não queremos ter que cumprir a punição desta lei.

Circinus - Há prisões que valem a pena, mas não se preocupe com as ilusões. Tudo que somos, muitas vezes somos sem querermos ser. Fique tranquilo.

Guarda-Real - Terei que colocar o senhor na lista de procurados caso se aproxime dela pode ser preso.

Circinus - Tudo bem, amigo, não vamos brigar por nada disto.

Guarda-Real - Vou indo. Estamos te aguardando, que as estrelas o acompanhem.

Circinus - Que Deus nos guie! Como os mapas estrelares dos apaixonados.

Na biblioteca no centro da cidade.

*Aglaia está sentada lendo uma obra de ficção de um planeta estranho, onde há seres pequenos que lutam entre si por algo que criaram para ser a coisa mais importante. Circinus entra na biblioteca como se fosse um príncipe, procura por ela e não demora ele a encontra, eles se olham ela se levanta, e eles se abraçam.

Um Guarda Real o observa por uma janela.

Circinus - Pensei em você ontem o dia todo, não sabia que era filha do Rei.

Aglaia - Não gosto que saibam que sou filha dele, pois acabam tratando-me diferente apenas por ser. Para te falar a verdade, eu também pensei você.

Circinus - Gostaria que você lesse um livro chamado Retratos de uma existência e lembrasse de mim, ele está bem exposto ali. Espere, você disse que pensou em mim? Isto é mesmo verdade?

Aglaia - Bem, foi o que eu disse.

Eles sorriem. Ele entrega um presente.

Circinus - Tenho que ir encontrar o seu pai para as festividades, você viu que fiquei em segundo lugar no concurso de arqueiros?

Aglaia - Eu vi, mas acho que você teve sorte. *Disse aos risos

Circinus - Não acredito que não torceu por mim.
Aglaia - Não torci.

Circinus - Percebi, logo você foi embora. Saiba que já estou com saudade. Você pode me dar um abraço?

Aglaia - Não é verdade, eu estava te olhando escondida, junto com minha irmã Andrômeda. Ela disse que você se movimenta de modo engraçado. Sobre o abraço. Depende, você vai voltar logo?

Circinus - Vou sim. Senti falta de ver que você estava por perto.

Aglaia - Promete? Não brinca.

Circinus - Não prometo, mas vou tentar. Não estou brincando.

Aglaia - Então, quando voltar eu te dou o abraço.

Circinus - Acho que mereço um abraço, quando voltar talvez quem sabe, assim, um beijo? Se eu vencer o concurso de poesias. Será que posso apagar o céu e desenhar eu e você?

Aglaia com muita vergonha.

Aglaia - Vai logo.

Eles se abraçam e ela sai sem jeito e sem olhar para trás.

*Circinus sai da biblioteca muito feliz depois de um abraço e por ter ganhando atenção, afeição e ternura de quem o faz bem, na saída os guardas já o cercam não esperam ele falar uma palavra que fosse, ele recebe uma rasteira e seus braços são amarrados, sem tempo de falar qualquer coisa, ouviu dos guardas que se deve respeitar as leis, que não se deve querer subestimar a ordem estabelecida. Eles o jogam dentro da aeronave policial estrelar. Sim, nosso viajante foi preso. Preso, sozinho, assustado e sem conhecer o Rei de perto ele está sem comunicação com o mundo lá fora. Agora ele se põe a refletir porque há uma lei tão absurda em um lugar tão mágico e porque tudo mudou assim tão de repente.

NA PRISÃO.

*Ele está sozinho na prisão que é bem aconchegante se é que podemos chamar uma prisão de aconchegante. Começa a chover forte lá fora, ele não percebe.

Circinus - Senhores, por favor, tirem-me daqui eu tenho que encontrar com o Rei, sou o segundo colocado no concurso de arqueiros.

Guarda - Jovem galanteador, o dom estrelar, sua colocação não quer dizer nada diante dos seus crimes. Não é permitido que estrangeiros se envolvam com a filha mais nova do Rei. Talvez se você tiver sorte vai cumprir a pena na sua cidade. Você foi avisado sobre como funciona a lei.

Circinus - Eu não me envolvi, apenas a cumprimentei, não há julgamentos ou mesmo juízes por aqui?

Guarda - Já houve e as câmeras já te julgaram e agora você está cumprindo pena.

Circinus - Por quanto tempo?

Guarda - O Rei já foi informado e é ele quem decide.

Depois de 4 horas estrelares de espera. E de muita tristeza de Circinus na prisão. Chegou uma carta e foi entregue ao viajante.

*Carta do Rei

"Ao Senhor **Circinus** que foi segundo colocado no prêmio de arqueiros, sentimos felizes pelo seu empenho e dedicação, mas é com muita tristeza que recebo o comunicado de que tentou se aproximar, beijar, abraçar e agarrar minha filha mais nova, em nossa cidade 'não é permitido por lei que estrangeiros se envolvam com a filha mais nova do Rei.' Assim sendo, o senhor será mandado de volta para sua cidade Polygonos, não sendo permitido mais a entrada em nossa morada, com risco de perder sua própria vida ou ser preso por tempo indeterminado, cabe ao Rei manter a ordem, a lei e a justiça em nossa cidade. Espero que se cumpra o que está na lei e pela vontade de Deus e do destino você terá 24 horas estrelares para partir."

Assinado o Próprio Rei Estrelar de Baubo.

*Após a leitura, os guardas abrem a prisão e o carregam para uma nave que o espera na porta. Ele é jogado sem dizer uma palavra na nave. Quando nosso viajante olha para o lado está Al-Ali que havia dito aos guardas que ele tem que ir em tua loja acertar os valores de sua nave alugada. Sua Nave está parada em frente à Biblioteca. Circinus pergunta como ele sabia da prisão, Al-Ali disse que o viu sendo preso e resolveu aparecer. Juntos há dois guardas que os acompanham até à porta da biblioteca, ao chegar Aglaia está saindo e vê Circinus com os dois guardas mais Al-Ali, ela disfarça e sente que ele corre perigo e sai. Logo Circinus entra na Nave com guardas e vão até à loja.

No fundo da Loja.

Al-Ali - Amigo, você está encrencado! Eu vou tentar te ajudar, é o seguinte, tem uma nave aqui que não é monitorada pelo reino. Pegue ela e se mande para sua cidade, vou dizer que vendi e que você vai embora daqui. Porque viajar com esses guardas-reais não é uma boa escolha, afinal de contas, se o Rei te encontrar aqui novamente pode mandar matar você sem que você simplesmente tenha o direito de qualquer julgamento.

Circinus - O senhor acha que consegue?

Al-Ali - Vamos depressa.

*Circinus entra na Nave enquanto Al-Ali conversa com os guardas, o teto da loja se abre e ele foge antes que eles pudessem pedir autorização do reino. Os guardas entram na Nave e vão atrás dele, que foge em direção ao sul. O combustível dele, depois de acelerar tantas horas estrelares, está se acabando e ele é obrigado a pousar numa região completamente desconhecida. Ao descer, olha com um binóculo radiante de alcance de 100 quilômetros de luz e não vê nenhuma aeronave da guarda. O Rei sabe do ocorrido e mandar prender Al--Ali por ter ajudado Circinus na fuga. Nosso viajante está cansado e entra em um bar que estava começando a se abrir, lugar nada convencional parecia um cenário de um filme de terror, bem estranho com poucas luzes na fachada. Sem falar com ninguém, nosso viajante, dorme na mesa. O efeito do remédio acabou e ele havia feito um cálculo errado. Aglaia dentro do castelo não come, não dorme e não se sente bem, e não para mais de pensar em Circinus.

EM UM BAIRRO DISTANTE O VIAJANTE FINALMENTE ACORDA

Circinus - "Amigo, o destino pode mudar em questão de segundos, o paraíso pode deixar de existir quando o excesso e a injustiça prevalecem. É fato que o paraíso também tenha seus defeitos. Há uma lei que impede os estrangeiros de se aproximar da filha mais nova do rei. Pelas luzes do destino, não esperava encontrar uma musa, nem que minha natureza se sentisse atraído pelo perigo e pela musa mais bela do Reino. Oh amigo, pelas luzes do destino foi ela quem roubou meu coração e minha alma, fui preso, amarrado, jogado numa cela e há pouco o Rei chamado de Justo enviou uma carta me expulsando e censurando, junto me lançou a dois brutamontes chamados de guardas-Reais, dos quais, consegui escapar com a ajuda de um vendedor que aluga aeronaves, provável que ele foi preso por fazer justiça de liberdade, consegui fugir e estou enfurnado dentro de um bar em um bairro distante para não ser descoberto, pelas luzes do destino meu combustível acabou. Agora a única coisa que penso é em encontrar novamente aquele rosto que mudou o modo como vejo e sinto o universo todo ao meu redor. De que vale a vida se não vivermos para sermos felizes?" Ao meu amigo e irmão B.O.T

Seixas - Jovem, vamos beber é por minha conta, vê se tira este semblante de tristeza e vá molhar o rosto que sua cara está mais amassada que a cratera da lua pulsante. Já dizia o filósofo: A vida é um copo de álcool estrelar em que achamos que escolhemos ou não beber.

*Circinus se levanta, há organismos com cabelos vermelhos, ele não entende o motivo de todos estarem de preto e a razão das cores do cabelo de todos serem iguais. Ele se levanta, lava o rosto e pede um átomo líquido negro e quente.

Circinus - Senhor do cabelo vermelho, por qual razão vocês todos são assim? E qual cidade é essa que estou?

Seixas - Somos os Anjos Vermelhos. Temos motores voadores e andamos juntos em bando. Você está em Baubo será que não reconheceu? Nós somos um pouco diferentes dos seres que você provavelmente conheceu, nós nos reunimos, aqui é como em Baubo inteira a gente se ajuda e escutamos nossas músicas andamos com nossas naves livres e construímos assim nosso estilo e nossa história, nosso modo de viver, nossa forma de ver Átropos é um pouco diferente, entretanto os sentimentos permanecem.

Circinus - Droga, tenho que me mandar daqui e voltar para minha cidade. O Rei me procura para me matar ou prender, apenas porque cumprimentei e conheci sua filha mais nova, acabei conversando com ela. Baubo tem muitos mistérios, e o mais interessante deles e que todos aqui se ajudam independentemente da tribo da qual pertencem, parece que esta lei moral faz com que todos tenham um mesmo valor.

Seixas - O Rei quer te prender com uma lei injusta? Deixe de ser covarde, nós vamos te levar para o centro da cidade. Não temos medo do Rei, nem dos guardas-

-reais. Nesta cidade não é permitido que um Rei seja injusto, vamos denunciar ele no parlamento.

Circinus - Mas o que acontece com ele neste caso?

Seixas - Nada. Mas você fica livre da condenação e a lei pode ser revista ou não mais existir. Afinal de contas, não é o Rei que foi injusto, e sim esta lei.

O Ritual dos cabeças vermelhas.

Seixas - Senhoras e Senhores, tragam a tinta vamos pintar a cabeça deste viajante.

Circinus - O que está acontecendo?

Seixas - Sente-se e feche os olhos não se mexa. Você está entrando para nossa equipe e isto te dará uma liberdade maior em nossa cidade.

*Os organismos se juntam e pintam os cabelos do viajante, e em todas as partes em que há pelos em seu rosto. Pegam suas roupas e a trocam por outras roupas pretas. Em volta estão cantando e dançando numa espécie de ritual. O viajante fica sem reação alguma, uma bela musa carrega um copo com um líquido para que ele beba, ao tomar, ele diz que está amargo demais, mesmo assim insistem e ele bebe todo. Cerca de dois minutos estrelares ele vomita e eles gritam "A anarquia é necessária em toda nossa ciência e juventude, a anarquia é necessária em toda nossa ciência e juventude." Ao fim o limpam e ele está pronto.

**Uma musa abastece sua nave e Seixas empresta uma moto-voadora para ele e todos vão juntos, existem mais cerca de 20 motos-voadoras, 8 naves e 2 carros--voadores. Todos vão indo em direção ao parlamento rever a lei que condenou os organismos, sem qualquer tipo de julgamento ou explicação. Na cidade onde os sonhos nascem.

NO PARLAMENTO

*O parlamento é uma casa pequena, com uma mesa para seis lugares. Há um pequeno senhor sentado recepcionando. Tudo parece velho e inacabado. É um dos lugares mais estranhos da cidade.

Seixas - Nobre senhor do parlamento, gostaríamos de trazer-lhe um documento em que prova que há uma lei injusta, que condenou o jovem estrangeiro que nos acompanha e que ao que parece prendeu outro morador de nossa cidade.

Rui - Amigos, quanto tempo não os vejo, senhores Anjos vermelhos da última vez vocês estavam brigando contra uma lei dos motores. Os senhores poderiam me informar por qual lei este ser foi condenado e por que prenderam o nosso irmão?

Seixas - O nosso amigo Cir foi condenado por ter conversando com a filha mais nova do Rei e ser estrangeiro, nosso irmão Al-Ali foi condenado injustamente por ter ajudado Cir a fugir. Se não há um crime não pode existir o outro. Essa lei não pode existir.

Rui - Um minuto estrelar.

*Circinus acha estranho o fato de um Parlamento ser pequeno, quebrado, feio e parece ter sido abandonado. Talvez seja o lugar mais estranho que ele conheceu.

Rui - Pronto senhores, está tudo resolvido. Agora o jovem Circinus terá de assinar aqui e pronto.

Documento Contra uma Lei injusta.

Uma lei injusta dizia que um estrangeiro não poderia se aproximar ou ter algo com a filha mais nova do Rei. Considerando que a filha do Rei é maior de idade e não sofreu nenhum tipo de assédio ou abuso denunciado, pode-se verificar nas câmeras ou no processo movido contra o viajante de Polygonos. Não há nada que prejudique sua imagem, seja aqui ou em qualquer outro lugar. Nesta câmara, e em nenhuma outra pode existir injustiça com qualquer habitante de nossa cidade, não admitimos que nenhum promotor, advogado ou o próprio Rei seja tão cruel. Esta lei injusta se encerra aqui para nunca mais existir, um país ou cidade, que existam leis injustas permite que haja injustiças maiores ainda em nome dela. O senhor Cir. é responsável por todas suas ações e deveres.

Assinatura: Circinus Polygonos Geometry

Desabafo do viajante.

Circinus - Não poderia imaginar que uma lei injusta pudesse ser revista e desaparecer assim tão rapidamente, todo o sofrimento parece que valeu a pena. Até quando ocorre algo horrível aqui, quando solicitada temos uma justiça de verdade, não para alguns, ao que parece ela é para todos, sem precisar que passemos anos e anos lutando ou esperando que boa parte faça o que é correto, aqui não se espera morrer para depois se ter justiça. O Senhor Rui representa em uma folha e com poucas palavras, o que milhares não representam e não vão representar com um livro inteiro, nem com discussões eloquentes, nem com palavras rebuscadas. Os sonhos e desejos de uma nação inteira cheia de esperança esperam apenas o simples: que se cumpra o que é certo e justo. Nada mais que isso.

Circinus chora com a decisão.

*Circinus emocionado agradece a todos e vai até à biblioteca agora com sua nave 'roubada', enquanto os Anjos Vermelhos vão para um bar feito em forma de pirâmide próximo ao palácio do Rei. Um dos Anjos Vermelhos diz para ele se acalmar que tudo vai ficar bem, que ele está na cidade onde os sonhos nascem. Nosso viajante ao descer da nave, observa os guardas reais que o olham, ele se assusta e eles nada fazem. Ele entra na biblioteca procura por Aglaia e não a encontra. Sai triste caminhando pelas ruas da cidade.

**Al-Ali é solto. Ele chora e agradece a Deus por ter sido libertado, e diz aos guardas reais que não teve um julgamento justo nem do destino, nem do Rei e nem dos irmãos que nasceram na mesma cidade onde os sonhos nascem. O Rei envia uma boa quantia em indenização por causa dos dias preso injustamente e um pedido de desculpas. Al-Ali aceita.

Circinus - Pelas luzes do destino, pelo brilho do Sol-Azul, onde está ela? Onde os sonhos nascem, eles também podem não mais existir.

Doador de Rua - Jovem, por quê tanto lamenta? Posso te ajudar como uma estrela guia o céu de outra?

Circinus - Meu amigo, o destino traçou uma linha da qual fez um nó apertado no meio do caminho. Desejo apenas saber onde está meu sonho, minha luz e meu sorriso. O senhor saberia me dizer onde está Aglaia? Mais ainda se meu amigo Al-Ali está livre ou ainda se encontra preso numa das mais injustas decisões de um Rei?

Doador de Rua - Pelos ventos de Netuno, todos sabemos. Nada mais simples, ela está comendo átomos de salsicha com pão estrelar no lado oeste da biblioteca. Há pouco estávamos falando sobre um viajante que ela havia conhecido, ela disse que brigou com o Rei por conta dele. Al-Ali está livre e ganhou uma indenização em valores pela injustiça sofrida, além de um pedido de desculpas. Recebi uma mensagem estrelar com esse relato.

Circinus - Onde fica o caminho da felicidade? É por ali que o senhor a viu? Quero te agradecer, pelo brilho dos céus o senhor é um Anjo das ruas.

Doador de Rua - Não precisa ir até a felicidade já que ela se encontra tão próxima de você. Procure apenas ajudar os que precisam, ensinar os que não sabem, amar os que te amam e aprenda que ser é muitas vezes mais importante que ter. Um amor só é eterno quando o bem vence o mal quando tudo se tornar igual.

Circinus o abraça e agradece.

*Aglaia está vindo, caminhando, espanta-se ao vê-lo e corre em sua direção. Eles se abraçam, começa a chover do lado de fora da biblioteca. Eles parecem bobos, mas nem tanto e entram na biblioteca.

Aglaia - O que aconteceu com você? Por que não veio logo?

Circinus - Até gostaria, mas tive uns probleminhas e me atrasei um pouco. Um deles é que seu pai me mandou visitar a prisão em vez de ir almoçar.

Aglaia - Disseram que você cometeu um crime grave em sua cidade. Discuti com meu pai, porque ele não quis me dizer por qual motivo você foi preso. Ele disse que são assuntos que não dizem respeito às princesas, mas aos organismos masculinos, que eu corria risco com você por perto.

Circinus - Pelo amor do Deus Sirius. O meu único crime foi amar você e odiar toda a superstição. Há uma lei que não permite que estrangeiros se aproximem da filha mais nova do Rei, com risco de prisão. Pelas ordens de teu pai fui preso, expulso e com risco de nunca mais voltar à cidade, caso voltasse seria preso ou morto. Consegui fugir com ajuda de uma alma nobre, parei em um bar estranho por isso meu cabelo está desta cor. Fui até o parlamento falei com um senhor chamado Rui ele me guiou para a liberdade e fez justiça mesmo eu não sendo ninguém, não demorou muito é assim que deveria ser em toda parte, porém a justiça fora daqui só funciona para o lado mais forte, o mais fraco muitas vezes morre antes que ela se cumpra.

Aglaia - Detalhe, seu cabelo está ridículo.

Circinus - Obrigado pelo elogio.

Aglaia - Meu pai não tem controle muitas vezes sobre essas decisões, há leis que existem e são cumpridas. Neste caso o ministro pode ter dito algo injusto, quero saber direito o que aconteceu. Não é momento de brigarmos com o passado. Afinal tudo que sonhamos é velho, dentro de um passado que aprendemos que é assim que se vive verdadeiramente a vida.

*Eles caminham, e veem o livro Retratos de uma existência na primeira fila com um adesivo em formato de estrela. Circinus aponta para o livro, ela olha e pega o livro, o abre e está escrito:

"Para **Aglaia**,

~ Vou gravar nosso encontro em um rumo entre uma das luas e entre as estrelas. Deusa, preciso do seu amor como o céu necessita de estrelas, como o mar precisa de água, como os sonhos precisam de poesia, você é a razão das estrelas brilharem no céu, do sol aquecer meu corpo, das luas encantarem meus olhos, dos sonhos existirem em minha alma. O que me falta para ser feliz? Você, você, para sempre você e nada mais. ~

*Eles se abraçam e se beijam, ele brinca com o cabelo dela e ela com o dele. Um funcionário se aproxima e diz que não podem se beijar dentro da biblioteca.

Circinus diz:

Aqui se prende por amar, mas ainda assim é possível ser livre para sonhar.

**Boötes envia uma mensagem estrelar para Circinus, Irmão acredite 'Nunca é tarde para amar e nunca é cedo para sonhar.' Seja feliz nas estrelas, no céu, realizando ou não seus desejos, nunca deixe de sonhar. Amigo, irmão, parceiro meu amor por você é uma luz infinita no espaço infinito.

As luas em Átropos aparecem todas próximas...

Comentários estrelares.

Estrela 1 - "Ninguém muda o Destino"
Estrela 2 - "Temos o dever de agir cada dia para um mundo melhor"
Estrela 3 - "Tudo está escrito, mas uma escolha profunda feita para mudar tudo é um caminho sem volta."
Estrela 4 - "Com coragem e esperança que nos foi dada por Deus, podemos ir em busca dos nossos sonhos."
Estrela 5 - Mendigos discursam e são respeitados.
Estrela 6 - Amigos incentivam ao invés de competir.
Estrela 7 - Lei: Não permite termos mais do que podemos possuir, só se pode ter 20 vezes a mais que o mínimo estabelecido, se tiver a mais tem que ajudar a melhorar a cidade e a vida das pessoas.
Estrela 8 - Na cidade de Baubo, não se olha um mendigo com desprezo, mas sim com uma tremenda alegria. Eles ajudam a todos sem pedir nada em troca.
Estrela 9 - Lei: Não permite crianças e velhos passem fome nas ruas, todos nós somos obrigados a alimentá-los nas ruas se estiverem sozinhos.
Estrela 10 - Lei: Não se pode existir leis injustas, caso existam podem ser eliminadas em questão de um minuto estrelar.
Estrela 11 - Polygonos para maioria se assemelha ao inferno e é uma cidade egoísta e corrupta, Circinus.
Estrela 12 - O egoísmo destrói valores, Circinus.
Estrela 13 - Em Polygonos, eles preferem ficar ricos que honestidade, Circinus.

Estrela 14 - O destino não é uma história pronta, mas vivida dia após dia, Circinus.
Estrela 15 - Na lei moral de Baubo, todos têm um mesmo valor, Circinus.
Estrela 16 - Em Baubo, posses e valores materiais são apenas tralhas e vaidade, Lunar.
Estrela 17 - Em Baubo, vale mais ajudar que ele próprio possuir, Lunar.
Estrela 18 - Prosperidade: significa dividir e não termos mais do que podemos ou precisamos possuir, Lunar.
Estrela 19 - Em lugar algum o exagero é sinal de sabedoria, onde não há limites, não há valores, Boötes.
Estrela 20 - Devemos agir por nós mesmos, para termos um mundo melhor, Circinus.

IMPRESSO POR:

ATLÂNTICO PRINT